AF402917

HIMO

FSC
www.fsc.org
MIX
Paperi vastuul-
lisista lähteistä
Paper from
responsible sources
FSC® C105338

Mariah M

HIMO

Kustantaja: BoD – Books on Demand, Helsinki, Suomi
Valmistaja: BoD – Books on Demand, Norderstedt, Saksa
ISBN: 978-952-286-839-8

YKSITYISETSIVÄ

Olin puoli vuotta aikaisemmin avannut oman yksityisetsivätoimiston ja toiminta olikin lähtenyt jopa odotettua paremmin käyntiin. Ensimmäinen asiakkaani oli ollut niin tyytyväinen palveluuni, että oli suositellut toimistoani kaikille tutuilleen ja olinkin saanut sitä kautta lisää asiakkaita. Suurin osa heistä oli naisia, jotka epäilivät puolisonsa pettävän heitä. Minun tehtäväni oli selvittää asia ja jos pettämistä tapahtui, minun piti dokumentoida se useimmiten valokuvaamalla salaa. Joitakin pettäjiä olin jo saanut paljastettua ja mikä mukavinta, jotkin asiakkaat taas saivat varmuuden siitä, että puoliso ei pettänytkään epäilyistä huolimatta.

Työni vei minua ennalta arvaamattomiin paikkoihin ja tilanteisiin ja minusta oli kehkeytynyt jo naamioitumisen mestari. Minulla oli toimiston takahuoneessa lukuisia erilaisia peruukkeja, silmälaseja ja kaikkea muuta mitä ajatella saattaa.

Eräs tietty päivä on jäänyt erityisesti mieleeni, koska työpäivä osoittautuikin melko yllätykselliseksi. Yleensä suunnittelin kaiken mahdollisimman huolellisesti, vaikka tietysti suunnitelmat usein muuttuivat matkan varrella, kun kohde tekikin jotain odottamatonta. Sinä päivänä puhelin soi ja minua pyydettiin menemään jo samana iltana erääseen hotelliin, jossa pidettäisiin konferenssi ja asiakkaan mies olisi siellä luennoitsijana. Asiakkaani oli jo pidemmän aikaa epäillyt miestään pettämisestä ja kertoi, että jos saisin todisteita pettämisestä, hän jättäisi miehensä saman tien. Hän lähetti minulle sähköpostilla valokuvia miehestään ja konferenssin aikataulun.

Siispä varasin hotellista itselleni huoneen ja keräilin naamioitumistarvikkeita matkalaukkuuni. Heitin mukaan myös käsiraudat varmuuden vuoksi. Saavuin hotelliin hyvissä ajoin ja ehdin käydä kylvyssä ja valmistautua rauhassa iltaa varten. Konferenssi kokonaisuudessaan ei kiinnostanut minua, ajattelin mennä sinne vain viimeiseksi puolituntiseksi, kun asiakkaani miehellä oli puheenvuoro. Sen jälkeen minun oli tarkoitus katsoa, lähtisikö mies hotellin ravintolaan (tai muualle) ja oliko vieraita naisia kuvioissa. Jos muita naisia ei olisi, asiakkaani toivoi minun itse yrittävän saada mies mukaani, että hän näkisi, kuinka helposti mies olisi vietävissä.

Asiakkaani toiveena oli, että esiintyisin ruskeasilmäisenä pitkähiuksisena blondina, joita hänen miehensä kuulemma ihaili. Siispä pukeuduin pitkään, vaaleaan, hyvin luonnollisen näköiseen peruukkiin, laitoin ruskeat piilolinssit silmiini ja meikkasin ja pukeuduin seksikkäästi, mutta kuitenkin tyylikkäästi. Kävelin alakertaan, jossa konferenssi pidettiin. Pujahdin kokoussaliin mahdollisimman huomaamattomasti ja jäin taakse kuuntelemaan ja katsomaan kohteeni esiintymistä. Kylläpä hän olikin komea mies! En yhtään ihmetellyt, että asiakkaani oli hänestä mustasukkainen. Hän oli hyvin karismaattinen, urheilijavartaloinen ja hän puhui matalalla, miellyttävällä äänellä ja viljeli puheessaan huumoria, joka sai kuulijat useaan kertaan nauramaan. Vaikka hänen puheensa aihe ei kiinnostanut minua, nautin silti hänen tarkkailemisestaan ja hänen vitsinsä naurattivat minuakin. Harvoin työtehtävä osoittautui näin mukavaksi.

Konferenssi päättyi raikuviin suosionosoituksiin ja osanottajat hajaantuivat pikkuhiljaa kuka minnekin. Suurin osa kuitenkin lähti hotellin baariin, jonne myös kohteeni suunnisti. Vaivihkaa siirryin muun joukon mukana baaritiskille ja etsin sellaisen paikan, josta minun oli helppo tarkkailla kohdettani. Hän oli selvästi suosittu, sekä naiset että miehet halusivat keskustella hänen kanssaan ja moni nainen näytti siltä, että olisi ollut valmis muuhunkin. Itseänikin yritti pari miestä tulla juduttamaan, mutta tein heti selväksi, että ei kiinnosta. En voinut antaa keskittymiseni työtehtävään kärsiä, vaikka varsinkin toinen miehistä oli oikein mukavan tuntuinen.

Jossain vaiheessa kohteeni lähti käymään miestenhuoneessa ja huomasin tilaisuuteni tulleen. Kun hän tuli sieltä ulos, kävelin häntä vastaan esittäen meneväni naistenhuoneeseen, joka oli miesteenhuoneen vieressä. Kävelin hitaasti, lantio keinahdellen korkeissa koroissani ja menin ylväästi hänen ohitseen vilkaisemattakaan häneen. Tiesin, että tuollaisella miehellä riittäisi itsensä tyrkyttäjiä joka sormelle ja hänen kiinnostuksensa herättäisi paremmin esittämällä välinpitämätöntä. Kun olin ohittanut hänet, olisin halunnut katsoa taakseni, että jäikö hän katsomaan perääni, mutta hillitsin itseni. Menin sydän pamppaillen naistenhuoneeseen ja nojasin hetken seinään kooten ajatuksiani. Sitten tarkistin ehostukseni, suihkautin hieman lisää hajuvettä ja poistuin. Mies oli jäänyt odottamaan minua.

Hän esitteli itsensä minulle ja kertoi heti olevansa naimisissa. Hän pyysi, etten ymmärtäisi väärin, hän ei ollut etsimässä sänkyseuraa, vaan halusi vain tarjota minulle drinkin ja nauttia kauniista naisseurasta. "Niinpä niin", ajattelin ja ärsyynnyin siitä, että hän piti minua niin tyhmänä, että uskoisin tuon selityksen. Muistin kuitenkin olevani työtehtävässä, miehen mielipiteillä minusta ei ollut mitään merkitystä, kunhan hän vain oli kiinnostunut. Istuimme kahden hengen pöytään, koska mies sanoi kyllästyneensä kaikkiin imartelijoihin, jotka aina pyörivät hänen ympärillään. "Näin saamme keskustella rauhassa", hän sanoi. Miehen ihaileva katse hiveli minua ja juttelimme yli tunnin. Joimme pari drinkkiä, mutta kumpikaan ei humaltunut, se vain vähän rentoutti. Mies oli ärsyttävän täydellinen, melkein ihastuin häneen, mutta pidin häntä pettäjänä ja sitä miestyyppiä inhosin. Oloni oli ristiriitainen, samaan aikaan ihailin ja inhosin jotakuta täysin vierasta ihmistä. Kauniita naisia kulki aina välillä pöytämme ohi, mutta hän ei vilkaissutkaan heihin. Herrasmiesmäisesti hän osoitti kaiken huomionsa seuralaiselleen eli minulle. Sitten yhtäkkiä hän vilkaisi kelloonsa ja sanoi: "Valitettavasti minun on nyt mentävä, huomenna on rankka päivä ja aikainen herätys. Oli todella mukavaa tutustua sinuun, kiitos seurasta". Hölmistyin, eikö hän aikonut ehdottaa mitään jatkoja? Nousimme pöydästä ja kiittelimme molemmat toisiamme mukavasta juttuhetkestä. Sattumalta hotellihuoneemme olivat samassa kerroksessa ja menimme yhdessä hissiin. Ajattelin, että viimeistään perillä hän tekisi siirtonsa. Hän saattoi minut huoneeni ovelle, otti sormistani kiinni ja suuteli kunnioittavasti kämmenselkääni ja poistui omaan huoneeseensa. Häkeltyneenä avasin oven ja menin huoneeseeni, istahdin nojatuoliin ja mietin äskeistä tilannetta. Ajatukseni olivat sekavat, mutta ihastukseni mieheen kasvoi, kun ymmärsin, että hän ei tainnutkaan olla pettäjätyyppiä.

Avasin sähköpostini ja ajattelin lähettää asiakkaalleni raportin illan tapahtumista, mutta häneltä olikin tullut viesti: "Tee kaikkesi saadaksesi hänet sänkyyn, minun on pakko tietää, onko hän ehdottoman uskollinen, vaikka olisi kuinka houkutteleva tilaisuus!" Prostituoitunako hän minua piti? Voin kyllä flirttailla ja sen sellaista, mutta sänkyyn asti en ollut valmis menemään rahan takia. Nielin harmistukseni ja mietin, mitä nyt enää tässä vaiheessa voin miehelle tehdä saadakseni hänet lankeamaan, mutta ilman, että menisin sänkyyn hänen kansaan. Hän saattoi olla jo nukkumassa. Kaivoin matkalaukustani kameran, viinipullon ja käsiraudat, jotka piilotin iltalaukkuuni ja menin koputtamaan miehen ovelle. Hän tulikin avaamaan kylpytakki päällään ja näytti samaan aikaan ilahtuneelta ja hämmentyneeltä. Kuulin television olevan päällä ja sieltä tuli jokin musiikkiohjelma. Menin sisään odottamatta kutsua ja pyysin häntä tuomaan kaksi lasia ja ojensin viinipullon. Hän teki niin ja sanoi: "Tätä minä toivoin ja pelkäsin. En silti aio pettää vaimoani." Kilistimme ja sitten laskin lasin pöydälle ja nousin varpailleni suudellakseni häntä. Ensin hän ei vastannut suudelmaani, mutta antoi sitten vähän periksi ja vastasi suudelmaani epäröiden. Tönäisin hänet hymyillen sängylle makaamaan ja menin hänen päälleen istumaan hajareisin. Jouduin kiskomaan vähän hamettani ylöspäin, että pystyin levittämään reiteni. Hän antoi sen tapahtua, mutta pysyi passiivisena. "Meidän ei pitäisi", hän sanoi. Vaiensin hänet suudelmalla. Äkkiä tajusin, että halusin ihan oikeasti seksiä tämän miehen kanssa. Huomasin, että hänen kylpytakkinsa oli vähän avautunut ja sieltä pilkisti penis, joka osoitti heräilyn merkkejä. Mies makasi sängyllä ja kun hän huomasi, että aloin avata hänen kylpytakkinsa vyötä, hän tarttui käsistäni kiinni ja sanoi: "Ei!" Tottelin kiltisti ja kun hän irrotti otteensa, aloin sivellä hänen rintakehäänsä rauhoittavasti. Tunsin hänen sydämensä hakkaavan villisti ja penis eli omaa elämäänsä miehen mielipiteestä piittaamatta. Mies oli sulkenut silmänsä ja näytti nauttivan kosketuksestani. Päätin, että oli aika ottaa käsiraudat esiin. Jatkoin sivelyä toisella kädelläni ja toisella kaivoin näppärästi käsiraudat esiin ja napsautin ensin toisen pään kiinni sängyn jalkaan ja sitten toisen miehen ranteeseen. Tv:stä tuleva musiikki peitti käsiraudoista aiheutuvat äänet alleen. Kun mies tajusi, mitä olin tehnyt, hän kiroili ja tönäisi minut maahan vapaana olevalla kädellään. Hän yritti nousta ylös sängystä, mutta ei päässyt edes istumaan asti käsirautojen vuoksi. Revin hänen kylpytakkinsa vyön pois ja istuin koko painollani hänen vapaana olevan käsivartensa päälle. Hän yritti potkia minua, mutta ei ylettänyt kunnolla ja sidoin hänen toisenkin kätensä vyön avulla sängyn jalkaan. Hän alkoi karjua herättääkseen naapurihuoneissa olevien ihmisten huomion ja estääkseni sen tukin hänen suunsa tunkemalla sinne hänen oman sukkansa. Hän yritti sylkeä sen ulos ja keksin ottaa oman stay up-sukkani pois jalastani ja kiedoin sen hänen päänsä ympäri ja sidoin sen hänen suussaan olevan sukan eteen solmuun. Olin koko tilanteesta jo niin kiihdyksissäni, että olin kokonaan unohtanut asiakkaani enkä enää tiennyt miksi ja miten etenisin. Tajusin vain, etten enää voinut lopettaa leikkiä kesken. Mies riuhtoi ja katsoi minua raivoissaan ja riisuin toisenkin sukkani. Tiesin, että minun pitäisi sitoa hänen jalkansakin, mutta en tiennyt, kuinka saisin sen tehtyä. Sitten päätin sitoa ensin toisen jalan sukallani, vaikka tiesinkin, että hän pääsisi potkaisemaan minua kipeästi. Tein sen ja hän todellakin lennätti minut potkullaan päin seinää, mutta onneksi se ei sattunutkaan kovin paljon. Sain kuitenkin sidottua jalan ja mietin, että millä saan sidottua vielä toisen. Huomasin tuolin karmilla hänen housunsa ja käytin niitä. Se oli vähän hankalampaa, mutta onnistuin kuitenkin.

Siinä hän nyt oli, avuttomana armoillani. Kylpytakki oli auennut kokonaan ja näin, miten penis oli kutistunut normaaliin kokoonsa. Miestä eivät näköjään sitomisleikit kiihottaneet. Itse olin kyllä päättänyt saada seksiä tuolta mieheltä ja aloin riisua itseäni hitaasti ja seksikkäästi. Katsoin miestä ja hivelin rintojani ja lanteitani riisuessani. Pyörähdin ympäri ja annoin hänelle nähtäväksi myös hyvin muodostuneen takamukseni. Käännyin taas ympäri ja tanssahtelin tv:stä tulevan musiikin tahdissa. Mies katsoi minua ja näin, miten penis alkoi taas elää. Mieskin huomasi sen ja sulki silmänsä kieltäytyen katsomasta minua enää. Hetken kuluttua penis alkoi taas kutistua. Huokaisin ja menin hänen luokseen. Aloin hyväillä häntä kaikkialta ja imin hänen korvalehtiään. Pian huomasinkin, miten hänen hengityksensä kiihtyi ja hän yritti turhaan rimpuilla irti siteistä. Otin hänen peniksensä suuhuni ja se alkoi välittömästi kasvaa. Kaivoin kameran laukustani ja otin pari valokuvaa tilanteesta varmuuden vuoksi. Tunsin haluni kasvavan samaa tahtia peniksen kanssa ja kipusin taas miehen päälle istumaan. Tällä kertaa olin alasti ja otin peniksen käteeni ja hieroin sitä hellästi häpyäni vasten. Mies liikehti levottomasti ja tunsin omien nesteideni liukastavan peniksen. Jatkoin sitä jonkin aikaa ja tunsin valtavaa kiihtymystä. Menin alemmas hänen reisilleen istumaan ja kumarruin, hieroin nännejäni vuorotellen penistä vasten. Nännit nousivat innokkaina pystyyn ja kaipasivat kipeästi miehen hyväilyjä. Niitä en kuitenkaan voinut saada, joten palasin takaisin ylemmäs ja ihailin kivikovana seisovaa penistä. Mies oli mies, eikä voinut mitään sille, että penis ei totellut hänen käskyjään. Puhalsin siihen ja se värähti odottaen pääsevänsä suuhuni, mutta en voinut odottaa kauempaa ja lipsuteltuani penistä hetken klitoristani vasten otin sen sisälleni. Ah sitä tunnetta, kun olin täynnä miestä, penis tiukasti otteessani syvällä minussa. Mies avasi taas silmänsä ja katsoi minua himoa ja vihaa kuvastavalla katseella. Olin hetken paikoillani toivoen, että mies alkaisi työnnellä penistään minua vasten ja osallistuisi aktiin, mutta hän hillitsi itsensä ja onnistui pysymään liikkumatta. Vain lihaksikas rintakehä kohoili kiihottavasti. Istuin hänen peniksensä päällä ja nojasin taaksepäin tukien käsiäni hänen reisiinsä. Aloin hitaasti ratsastaa hänellä ja pyöritin lantiotani, halusin tuntea peniksen joka kohdassa sisälläni. Jonkun ajan kuluttua nojauduin eteenpäin, liikuin ylös ja alas painaen klitoristani peniksen vartta vasten, tunsin olevani jo lähellä laukeamista. Näin miehen tuijottavan rintojani kiihkeällä katseella ja se sai minut liikkumaan nopeammin ja nopeammin ja yhtäkkiä tunsin miehen vastaavan liikkeisiini ja silloin minulta tuli. Sätkin ja kouristelin hänen peniksensä vielä sisälläni ja silloin tunsin, kuinka häneltäkin tuli, useita pitkiä, voimakkaita sykäyksiä.

Valahdin voimattomana hänen viereensä sängylle ja tunsin suurta hellyyttä häntä kohtaan. Vähän kaduin hänen sitomistaan ja halusin avata siteet, mutta minua pelotti, mitä hän tekisi. Nousin ja otin ensiksi sukan pois hänen suustaan. Sitten uskalsin vapauttaa hänen toisen kätensä ja hain hänelle lasillisen vettä ja hän joi sen ahneesti. Ensin luulin, että meillä ei olisi tapahtuneen jälkeen toisillemme mitään sanottavaa, mutta sitten aloimmekin puhua yhteen ääneen. Minä pyysin anteeksi mitä olin tehnyt ja hän kertoi onnettomasta avioliitostaan sairaalloisen mustasukkaisen vaimon kanssa. Uskaltauduin irrottamaan loput siteet ja käsiraudat ja vastoin kaikkea ammattietiikkaani ja vaitiololupaustani kerroin miehelle, että hänen vaimonsa oli palkannut minut. Kerroin, että vaimo jättäisi hänet heti, jos saisi todisteen uskottomuudesta. Mies kertoi, että ei ollut koskaan pettänyt vaimoaan, koska se soti hänen periaatteitaan vastaan. Hän sanoi olevansa nyt lopullisesti kyllästynyt ja aikoi ottaa eron vaimostaan. Kerroin, että ottamieni valokuvien avulla vaimo varmaan suostuisi helposti eroon. Loppujen lopuksi kaikki menikin ihan hyvin minun kannaltani. Pelkäsin miehen nostavan syytteen minua vastaan, mutta ei hän kuulemma ollutkaan vihainen. Hetkellistä raivoa lukuun ottamatta tapahtuma olikin ollut hänen unelmiensa täyttymys.

Riisuin peruukkini ja piilolinssini ja paljastin miehelle omat tummat hiukseni ja siniset silmäni. Silloin hän kietoi kätensä ympärilleni ja suuteli minua niin, että tunsin sen selkäytimessäni saakka. Hän heitti minut sängylle nauraen ja hyppäsi päälleni. Rakastelimme auringonnousuun asti ja vihdoin nukahdimme suloisesti sylikkäin. Siitä alkoi meidän yhteinen taipaleemme.

VANKILASSA

Olin joutunut vankilaan hirveän erehdyksen vuoksi. Ilmeisesti joku nainen, jolla oli sama nimi kuin minulla, oli tehnyt jonkin ison rikoksen. Oikeussalissa selityksiäni ei otettu vakavasti ja niin sitten löysin itseni pienestä sellistä, jossa oli lisäkseni eräs itseäni vähän vanhempi nainen. Hän oli hyvin ystävällinen minulle ja olin helpottunut siitä, että minulla olisi edes juttukaveri. Hän oli joutunut vankilaan tapettuaan väkivaltaisen miehensä keittiöveitsellä. Kun kerroin hänelle olevani syytön siihen rikokseen, josta jouduin vankilaan, hän hymyili vähän surumielisesti eikä näyttänyt uskovan minua. Hän kehotti minua vain pukeutumaan vankila-asuun, joka odotti minua lavitsallani. Se oli raidallinen mekko, joka ylettyi polviin asti. Puin sen ylleni ja tunsin vasta sillä hetkellä muuttuvani vangiksi.

Selli näytti olevan jossakin hyvin vanhassa rakennuksessa ja siinä oli metallikalterit. Käytävillä kaikui muiden vankien äänet sekä vanginvartijoiden askeleet ja avainnippujen kilinä. Hälinä oli häiritsevää ja ikävöin oman asuntoni rauhaa ja hiljaisuutta. Uskoin kuitenkin pääseväni sieltä pian pois, kyllähän asioiden oikea laita pian selviäisi. Sellikaverini kertoi minulle vankilan säännöistä, ruokailusta ja peseytymisestä. Ruoka tuotiin kuulemma suoraan selleihin ja suihkuun pääsi vain kerran viikossa.

Huokaisten menin seisomaan kalterien viereen ja katselin käytävän ja vastapäisten sellien tapahtumia. Oli näköjään juuri ruoka-aika ja vartijat kuljettivat tarjoilukärryjä, joissa oli erilaisia ruokia ja jopa herkkuja, kuten kakkuja ja suklaalevyjä. Kun hämmästelin sellikaverilleni herkkujen määrää, niin hän kertoi niiden olevan vain niille, jotka osasivat miellyttää vartijoita. Samassa näin omin silmin, mitä hän tarkoitti. Joku nainen vastakkaisella puolella käytävää pyysi suklaata ja vartija vastasi: "Tiedät, mitä se maksaa" ja meni seisomaan kiinni kaltereihin ja avasi sepaluksensa. Nainen ojensi kätensä kaltereiden välistä, kaivoi vartijan kalun esiin ja otti sen suuhunsa. Olin järkyttynyt ja ajattelin, että minun suklaanhimoni ei tulisi koskaan olemaan noin kova. Sellikaverini huvittui ilmeestäni ja sanoi tuon olevan vielä pientä.

Kun vartija eteni kierroksellaan meidän sellimme luo ja työnsi ateriamme pienestä luukusta sisään, hän huomasi minut. En osannut tulkita hänen katsettaan, mutta minua alkoi pelottaa. Söimme laihan keittomme ja muistelin haikeana oman jääkaappini sisältöä. Silloin käytävän toiselta puolelta alkoi kuulua kovaa mekkalaa. Joku nainen oli raivostunut vartijalle, koska ei ollut saanut ruoka-annostaan. Vartija huusi naiselle, että ruokaa ei tulisi, ennen kuin nainen oppisi käyttäytymään. Nainen sätti vartijaa ja kiroili. Vartija jatkoi kierrostaan ja nainen jäi ilman ruokaa. Sellikaverini kertoi, että nainen ei ollut saanut ruokaa kahteen päivään, koska ei suostunut antamaan vartijalle seksipalveluja. Nielaisin kauhistuneena ja kysyin, oliko sellikaveriltani pyydetty sellaisia palveluksia. Hän vastasi, että niitä vaaditaan kaikilta. Sydämeni alkoi takoa hurjasti ja pelkoni lisääntyi.

Illalla, kun nukkuma-aika lähestyi, kaipasin kipeästi kuumaa suihkua. Sellikaverini kertoi, että suihkuun pääsisi seuraavan kerran vasta kolmen päivän kuluttua. Masentuneena kävin makaamaan kovalle lavitsalleni ja odotin turhaan unta. Päivän tapahtumat pyörivät mielessäni ja näin kuvia oikeussalista, sellikaveristani ja vartijan elimestä naisen suussa. Valvottuani melkein koko yön olin aamulla väsynyt ja herkässä mielentilassa. Minua olisi itkettänyt, mutta arvelin, ettei vankilassa kannattanut osoittaa heikkouden merkkejä. Pidin tahdonvoimallani kyyneleet sisälläni ja odotin sellikaverini kanssa aamiaista. Aika tuntui kuluvan jo nyt niin hitaasti, etten käsittänyt, miten kestäisin täällä ne viisi vuotta, jotka minulle oli määrätty.

Aikani kuluksi menin taas katselemaan kaltereiden välistä muiden touhuja. Katsoin, kun vartija meni sen naisen sellin luokse, joka ei ollut saanut ruokaa ja vartija kysyi, joko nainen oli oppinut käyttäytymään. Nainen vastasi vaisusti oppineensa ja nosti raidallisen mekkonsa vyötärölleen, kumartui ja pyllisti takamuksensa kiinni kaltereihin. Var-

tijan elin sojotti jo valmiina ja hän tunki sen
kalterien välistä naisen sisään. Vartija nylkyt-
ti aikansa ja kun hän oli valmis, hän työnsi
kalunsa takaisin housuihinsa ja jatkoi mat-
kaansa hyväntuulisesti vihellellen. Nainen
alkoi ahmia aamiaistaan hurjaa vauhtia.

Päivä kului mataen ja illalla olin jo niin väsy-
nyt, että uni tulikin melkein heti, kun olin
asettunut lavitsalleni. Nukuin sikeästi ja näin
ihanaa unta. Kaulaani suudeltiin hellästi ja
pehmeä käsi hyväili vartaloani kaikkialta.
Hyväily ja suutelu jatkui ja jatkui tuntuen
loputtomalta. Olin täydellisen onnellinen ja
rento. Pehmeät kädet siirsivät reiteni erilleen
ja lämmin, kostea kieli nuoli reisieni sisäpin-
taa nousten pikkuhiljaa ylemmäksi kohti sa-
laisinta sopukkaani. Tunsin väriseväni odo-
tuksesta ja pian kieli löysi etsimänsä. Kieli
pyöri hellästi klitorikseni ympärillä ja tunsin
oman kosteuteni ja halusta turvonneen hä-
pyni sykkeen. Heräsin omaan orgasmiini ja
tajusin, ettei äskeinen ollutkaan unta. Selli-
kaverini pää oli reisiäni välissä ja työnsin hä-
net rajusti syrjään. Olin järkyttynyt, les-
boseksi ei ollut koskaan kiinnostanut minua

ja nyt toinen nainen teki minulle tahtomattani taivaallisen orgasmin. Sellikaverini pyysi minulta anteeksi ja kertoi rakastuneensa minuun ensisilmäyksellä ja haluavansa minulle pelkkää hyvää. Sulateltuani hetken asiaa hyväksyin hänen anteeksipyyntönsä ja myönsin, että kokemus oli ollut aika ihana.

Pari seuraavaa päivää kului samankaltaisena kuin edelliset ja sitten vihdoin koitti se päivä, jolloin pääsimme suihkuun. Olin innoissani, sillä tunsin itseni jo todella likaiseksi ja hikiseksi ja muutenkin suihkussa käynti toi edes jotain vaihtelua vankilan tylsään arkeen. Sellikaverini varoitti minua, että suihku ei ehkä ollut ihan sellainen, mitä odotin. Hän ei kuitenkaan halunnut puhua asiasta enempää. Meidät vietiin valtavan isoon pesuhuoneeseen, jossa oli vieri vieressä kaakeloituja lavitsoja ja niissä käsiraudat molemmissa päädyissä. Siellä oli monta suihkua vierekkäin ja kirkkaat valot, jotka häikäisivät silmiä. Meidät käskettiin lavitsoille makaamaan ja kätemme laitettiin käsirautoihin ja jalkamme levitettiin ja nilkat kiinnitettiin isompiin käsirautoihin. Sellikaverini oli viereisellä lavitsalla ja kuiskasi minulle: "Yritä olla saamatta". Olin aivan ihmeissäni, saamatta mitä? Ja miksi makasimme tässä, emmekä päässeet suihkuun? Samassa esiin astui kaksi vartijaa, molemmilla vesiletkut kädessään. Toinen meni lavitsarivin toiseen päähän ja toinen aloitti toisesta päädystä. Minä olin sellikaverini kanssa rivin keskivaiheilla. Vartijat alkoivat suihkuttaa letkuista vettä naisten päälle, mutta eivät minne tahansa, vaan tähtäsivät suoraan jalkojen väliin. He viipyivät jokaisen naisen kohdalla ehkä pari minuuttia. Jotkut naisista kiemurtelivat ja kiljuivat, jotkut makasivat paikoillaan ja vartijoiden housut näyttivät käyvän ahtaaksi. Huomasin, että jotkut naiset näyttivät nauttivan suuresti alapesustaan ja saivat orgasminkin. Sitten oli meidän vuoromme ja muistin sellikaverini varoituksen, että en saisi saada. Orgasmiako? Samassa lämmin vesisuihku jo osuikin jalkojeni väliin ja vedenpaine osui suoraan klitorikselleni. Henkeä haukkoen tunsin halun pyyhkäisevän ylitseni ja klitorikseni turposi suuremmaksi "kuin koskaan. En pystynyt vastustamaan veden voimaa, vaan valtaisa orgasmi syöksyi lävitseni alle minuutissa. Vartija näytti tyytyväiseltä ja irrotti minut raudoista antaen minulle luvan mennä suihkuun. Kävelin suihkuun huterin jaloin ja saippuoidessani itseäni katsoin, kun sellikaverini sai saman käsittelyn. Hän näytti välinpitämättömältä eikä vaikuttanut nauttivan, kun vartija suihkutti hänen alapäätään parisen minuuttia ja päästi hänetkin sitten suihkuun. Kun vaadin sellikaveriani kertomaan, mistä oli kysymys, niin hän kertoi, että seksistä nauttivat naiset pääsivät pois sellistä vartijoiden ja vankilanjohtajan palvelijoiksi ja seksiorjiksi. Ne, jotka eivät nauttineet, saivat jäädä selleihinsä. Hän oli kieltänyt minua nauttimasta, että olisi saanut pitää minut sellikaverinaan, mutta joutuisi nyt olemaan taas yksin.

Minun oli määrä viettää vielä yksi yö sellissäni, ennen kuin minut siirrettäisiin. Minua hermostutti ja pelotti, mitä kaikkia kauheuksia minulta vielä vaadittaisiinkaan seksiorjana. Sellikaverini näytti niin masentuneelta ja säälittävältä, että silitin hänen poskeaan ja koitin lohduttaa häntä. Silloin hän kietoi kätensä ympärilleni ja pyysi vapisevalla äänellä:

" Saanko rakastella kanssasi tämän yön?"
Kaiken kokemani jälkeen en tainnut enää
pitänyt lesboseksiä niin pahana asiana ja us-
komatta omia korviani, kuulin suostuvani
hänen pyyntöönsä. Hän hymyili onnellisena
ja siirryimme hänen lavitsalleen vierekkäin
maaten.

 Hyväilimme toisiamme ensin vaatteiden lä-
pi, mutta pian riisuimme ja olimme iho ihoa
vasten. Hän tuoksui hyvältä suihkupäiväm-
me jälkeen ja hänen ihonsa oli sametinpeh-
meä. Ajattelin, että olisi varmaan minun
vuoroni tuottaa hänelle nautintoa ja ihmetel-
len tunnustelin hänen vartaloaan. Tuntui
oudolta koskettaa toista naista, aivan erilai-
selta kuin oman vartalon koskettelu. Hyväil-
tyäni jonkin aikaa hänen sametti-ihoaan otin
hänen nänninsä huulteni väliin ja nuolin nii-
tä hellästi kiusoitellen. Ne sojottivat pystyssä
ja hän huokaili nautinnosta. Suutelin peh-
meästi hänen huuliaan ja aloin itsekin kii-
hottua. Suutelin hänen vartaloaan ylhäältä
alas ja kosketin varovasti häntä jalkojen vä-
listä. Hän oli kostea ja lämmin ja nuuhkaisin
hänen vakoaan uteliaana. Hän tuoksui me-

reltä ja puhtaalta ja hän voihki kiihottuneena. Rohkaisin mieleni ja suutelin hänen naiseuttaan joka puolelta, omat huuleni hänen häpyhuuliaan vasten. Otin kieleni mukaan tutkimusmatkalleni ja nuolin häntä tietäen vaistomaisesti, mistä hän eniten nautti. Samalla, kun nuolin häntä, työnsin sormeni hänen sisäänsä ja pian tunsin häneltä tulevan. Hän supisteli rytmikkäästi sormeni ympärillä ja annoin hänen rauhoittua orgasmista sormeni vielä hänen sisällään. Oma kiihkoni ei ollut vielä saanut täyttymystään ja kun hän oli hetken levähtänyt, oli minun vuoroni. Nautimme toisistamme koko yön ja minun oli myönnettävä, että tulisin kaipaamaan sellikaveriani.

Seuraavana aamuna minut haettiin vankilanjohtajan luokse. Hän oli hoikka, harmaatukkainen mies ja hän vaikutti erittäin kiusaantuneelta pyytäessään minua istumaan tuoliin. Hän kertoi saaneensa puhelun korkea-arvoiselta virkamieheltä, joka oli kertonut, että minut tulisi vapauttaa välittömästi. Oikeuslaitos oli käsitellyt asiani uudelleen ja syyttömyyteni oli todettu. Johtaja toivoi, että en puhuisi vankilassa tapahtuneista asioista kenellekään ja lupasi minulle siitä hyvästä ison summan rahaa. Hän totesi, ettei kukaan kuitenkaan uskoisi minua. Sanoin miettiväni asiaa ja hän ojensi minulle omat vaatteeni ja käsilaukkuni ja lähdin taakseni vilkaisematta.

SIENIMETSÄSSÄ

Olin sienimetsässä eräänä kauniina alkusyksyn päivänä. Iltapäivän aurinko lämmitti vielä mukavasti ja kuuntelin metsän ääniä, hyönteisten surinaa ja satunnaisia linnun viserryksiä. Melko läheltä kuului myös koirien haukuntaa, äänestä päätellen niitä oli kokonainen lauma. Korini oli jo täyttynyt mukavasti ja ajattelin lähteä pian kotiin päin, kun yhtäkkiä kuului kovaa ryminää ja näin valtavan kokoisen hirven syöksyvän itseäni kohti. Pelästyin niin, että jalat meinasivat pettää altani ja sydämeni hakkasi kiivaasti. Syöksähdin, sen minkä täriseviltä jaloiltani pystyin, viereisen ison puun taakse väistääkseni hirveä ja samassa kuulin laukauksen ja hirvi kaatui mölähtäen maahan.

Silloin aloin myös kuulla miesten huutoa ja koirien haukunta tuli lähemmäksi. Ymmärsin joutuneeni hirvenmetsästäjien reitille ja olin kiitollinen, etten itse ollut joutunut vahingossa ammutuksi. Sitten jo näinkin miesten saapuvan koirineen hirven luo. Hirvi ei ollut vielä kuollut ja joku miehistä ampui sitä päähän päästäen sen kärsimyksistään. Miehiä näytti olevan viisi.

En tiedä miksi, mutta pysyin vielä puun takana piilossa ja kurkin sieltä salaa tilannetta. Miehet ja koirat olivat metsästyksestä kiihdyksissään ja pyörivät hirven ympärillä. Joku valutti hirven kaulasta verta isoon ämpäriin ja ihmettelin, että mistä he sen ämpärin saivat, tuskin kukaan nyt metsästysreissulla ämpäriä mukanaan kuljettaisi. Se asia jäi vastausta vaille ja äkkiä joku koirista vainusi minut ja juoksi haukkuen minua kohti. Miehet vilkaisivat koiran suuntaan, että mitä se oikein haukkui ja päätin tulla esiin piilosta. Heidän nähdessään minut joku nauroi ja sanoi, että saatiinkin enemmän saalista.

Tervehdin heitä ujosti ja menin hakemaan sienikoriani, joka oli pudonnut, kun pakenin hirveä. Osa sienistä oli kaatunut maahan ja kumarruin keräämään niitä takaisin koriin.

Yhtäkkiä kuulin askeleita takaani ja minua tarrattiin hiuksista kiinni. Joku painautui selkääni vasten ja tunsin kovan peniksen lapaluitani vasten. Hengähdin pelästyksestä ja yritin nousta ylös, mutta minut kaadettiin maahan ja eräs miehistä seisoi edessäni himokas katse kasvoillaan ja avasi vyönsä. Yritin paeta, mutta juuri, kun olin päässyt pystyyn ja käännyin lähteäkseni juoksemaan, mies tönäisi minut taas maahan. Kaaduin polvilleni ja mies tarttui jalkaani kiinni. Yritin rimpuilla itseni irti ja kontata toivottomana eteenpäin tietäen itsekin yritykseni turhaksi. Silloin joku muu miehistä huusi ahdistelijalleni ja käski jättämään minut rauhaan. Ihme kyllä ahdistelijani keskeytti raiskausyrityksensä ja ehdin jo huokaista helpotuksesta, kun hän nappasikin minut kevyesti syliinsä ja sanoi, että ehtisi jatkaa myöhemminkin. Hän kantoi minut muun miesporukan luokse ja kysyi heiltä, että aikoivatko he todellakin päästää saaliin karkuun. Miehet mutisivat jotain epämääräistä ja naureskelivat ja näytti siltä, että heistä ei olisi vaaraa.

Vain tämä ahdistelijani vaikutti potentiaaliselta raiskaajalta ja uskoin, että muut miehet kyllä puhuisivat hänet järkiinsä.

Silloin ahdistelijani laski minut maahan ja luulin vapauteni koittaneen, kun hän ottikin jo valmiiksi irrottamansa vyön esiin ja sanoi sitovansa saaliin, ettei se pääsisi karkuun. Minua alkoi pelottaa vielä enemmän, kun hän sitoi käteni vyön avulla kiinni puuhun.

Sitten joku kaivoi viinapullon taskustaan ja kaikki ottivat siitä ryypyn vuoronperään. Miehet alkoivat paloitella hirveä ja heittivät jotain lihanpaloja koirillekin, jotka alkoivat murista ja tapella niistä keskenään. Minusta tuntui, kuin olisin katsonut jotain primitiivistä näytelmää. Kaikki tuntui jotenkin epätodelliselta, valtava hirvi, joka oli vielä äsken ollut komea luontokappale ja makasi nyt maassa verisenä ja paloiteltuna, koirat kiihdyksissään veren ja raa'an lihan hajusta, miehet yhtä kiihdyksissään metsästyksen huumasta ja saaliin kaadosta. Ja minä, sidottuna puun oksaan...

Viinapullo kiersi uudelleen mieheltä miehelle ja pelkoni lisääntyi entisestään. Tiesin kyllä, että viina saattaisi saada järkevätkin miehet tekemään hulluja asioita. Pelkoni ei ollut turha.

Pian tämä ahdistelijani jo tulikin luokseni. Hän irrotti sidotut käteni ja asetti minut makaamaan selälleni maahan. Hän sanoi, että jos yritän jotain, hän löisi minut tajuttomaksi. Hän laittoi ison, karkean kätensä kaulalleni ja hiveli ihoani tunnustellen. Sydämeni pamppaili hulluna. Sitten hän antoi kätensä vaeltaa alemmas rinnoilleni ja otti toisenkin kätensä mukaan ja puristeli rintojani puseron läpi. Pusero ei miellyttänyt miestä ja hän otti esiin metsästysveitsen. Hän painoi veitsen terän kevyesti kurkulleni ja virnisti häijysti, sitten hän viilsi puseroni rikki ja repi riekaleet päältäni. Sitten oli rintaliivien vuoro lähteä samalla tyylillä. Sekavasti ajattelin, että miten voin mennä alasti ihmisten ilmoille, kun pääsen täältä pois. Ja tajusin, että en ehkä edes pääsisi elävänä pois. Aloin nyyhkyttää epätoivoisena, mutta sillä ei ollut mieheen mitään vaikutusta. Hän avasi housuni ja niitä hän ei viiltänyt, vaan kiskoi kenkäni ja housuni pois jalasta.

Kun mies alkoi riisua itseään, arvelin tilaisuuteni tulleen ja yritin taas paeta. Samassa näin silmäkulmastani miehen käden kohoavan ja tunsin kovan iskun ohimossani. Tipahdin maahan ja päähäni sattui hirveästi, mutta tajuntaani en menettänyt. Makasin taas maassa kykenemättä enää millään tavoin puolustautumaan tai pakenemaan. Päässäni tuntuva kipu esti kaikki suunnitelmat ja odotin vain lamaantuneena, että mitä tapahtuisi seuraavaksi. Luulin, että mies olisi nyt jo raiskannut minut, mutta ei. Hän seisoi edessäni alasti, iso kalu valmiina toimintaan. Sen sijaan hän ottikin minut taas syliinsä ja vei minut lähelle hirven ruhoa. Miehet olivat näköjään päättäneet leiriytyä siihen, he olivat sytyttäneet nuotionkin.

Ilta alkoi jo hämärtää ja nuotion loimu teki tunnelmasta vielä epätodellisemman. Leirin vieressä oli paksu, kaatunut puun runko ja mies asetti minut sen päälle makaamaan. Rungossa oli joku oksa jäljellä, johon mies taas sitoi käteni siten, että käteni olivat ylhäällä pääni takana. Olin siinä kuin tarjottimella ja mies silmäili näkyä tyytyväisenä. Hän ei vieläkään käynyt kimppuuni, vaan näytti nauttivan tilanteen pitkittämisestä. Muut miehet juttelivat nuotion ääressä ja maassa lojui jo tyhjä viinapullo. Joku oli kaivanut uuden pullon esiin ja sitä he taas kierrättivät.

 Minua alkoi väsyttää. Jännitys ja päähän saatu isku sumensivat ajatukseni ja suljin silmäni yrittäen levätä. Samassa tunsin, kuinka toiselle rinnalleni valui jotain nestettä ja avasin hätkähtäen silmäni. Ahdistelijani oli hakenut veriämpärin ja valutti nyt sormistaan verta nännilleni. Kauhistuin, mieshän oli aivan hullu! Samassa mies kutsui koiria luokseen ja osoitti rintaani yhdelle koirista ja kuin käskystä koira alkoi nuolla verta rinnastani. Sen lämmin, pehmeä kieli lipoi nänniäni ja tilanteen kauheudesta huolimatta tunsin, miten nännini alkoi nöpöttää. Kun koira oli nuollut sen puhtaaksi, mies valutti kiihottuneena lisää verta nännilleni ja koira alkoi taas lipomaan sitä. Sitten mies teki saman toiselle rinnalleni ja kutsui toisenkin koiran nuolemaan.

Tilanne oli niin mielikuvituksellinen, että luulin näkeväni unta. Kaksi koiraa oli siinä lipomassa verisiä nännejäni ja mies otti kalunsa käteensä ja veteli sitä muutaman kerran edestakaisin. Kalu seisoi kovana ja punaisena, se näytti siltä kuin olisi räjähtämäisillään. Sitten mies sai uuden idean ja alkoi valuttaa verta vakooni. Järkytyin uudestaan, sillä arvasin jo, mitä seuraavaksi tapahtuisi. Mies kutsui kolmannen koiran nuolemaan vakoani ja tunsin, miten häpeän puna tulvahti kasvoilleni. Koira nuoli klitoristani ja voi, miten ihanalta se tuntui. Yritin ajatella ihan muita asioita ja olla huomioimatta tätä tilannetta ollenkaan, mutta koiran pitkät, lämpimät ja määrätietoiset lipaisut saivat minut tahtomattani kiihottumaan.

Olin raivoissani omalle keholleni, kuinka se saattoi nauttia tällaisessa tilanteessa! Jopa kipeä pääni unohtui. Aivoni huusivat "ei, ei, ei" ja alapääni kerjäsi lisää. Kolme koiraa nuoli minua väsymättömästi, ja aina, kun ne meinasivat lopettaa, mies valutti lisää verta ja koirat jatkoivat uudella innolla. Tunsin, kuinka häpyni turposi ja oli aivan märkä verestä, koiran syljestä ja mikä nolointa, omista nesteistäni. Tunsin suurempaa kiihotusta, kuin koskaan ennen ja olin itselleni vihainen ja häpeissäni. Kuinka saatoin nauttia näin perverssistä touhusta!

Näköjään joku muukin nautti. Häpeällisen nautintoni keskellä olin aivan unohtanut miehen, joka minut tähän tilanteeseen saattoi. Silloin hän tuli keskeyttämään koirien nuolemisen ja ajoi ne pois. Hän tunki empimättä paksun sormensa vakooni tunnustellen sen märkyyttä ja irstas hymy levisi hänen kasvoilleen. Hän astui hajareisin sen puunrungon molemmin puolin, jossa makasin, asettui sopivaan asentoon, levitti jalkani, joita yritin epätoivoisesti puristaa yhteen ja työntyi helposti yhdellä vahvalla survaisulla litimärkään aukkooni. Henkäisin tunteesta, jonka hänen iso kalunsa aiheutti. Jo valmiiksi kiihottunut häpyni otti sen kiitollisena vastaan ja jouduin tekemään kaikkeni, etten olisi alkanut liikkua hänen tahdissaan. Yritin olla paikoillani, ettei hän olisi huomannut kiihottuneisuuttani. Mies liikkui sisälläni edestakaisin jonkin aikaa ja sitten tunsin hänen kiihdyttävän tahtiaan ja tiesin hänen laukeavan pian. Turvonnut klitorikseni tykytti ja suorastaan vaati täyttymystä. Miehen nopeat, kiihottavat työnnöt mursivat viimeiset estoni ja puskin itseäni raivokkaasti miestä vasten. Nautinnon aallot veivät minut täysin mukanaan ja laukesimme huutaen molemmat samaan aikaan.

 Havahduin todellisuuteen, kun mies nousi päältäni. Huomasin, että muut miehet olivat kerääntyneet ympärillemme katsomaan. Olin häpeissäni ja hiljaa, alapää sykkien ja spermaa valuen. Nautintoni keskellä en ollut edes huomannut, että paljas selkäni oli hankautunut vereslihalle puun runkoa vasten.

Mielessäni kävi kauhistuttava ajatus, entä jos tulin tästä raskaaksi. Luulin, että mies päästäisi minut lähtemään saatuaan haluamansa, mutta siinä erehdyin. Hän antoi minut niille muille miehille käytettäväksi, silmää iskien vain totesi, että saalis pitää jakaa. Miehet olivat selvästi jo vähän juovuksissa ja minua alkoi uudelleen pelottaa. He kinastelivat hetken siitä, kuka olisi seuraavana vuorossa ja näin pullistuman kaikkien housuissa. Lopulta he pääsivät asiasta sopuun ja ensimmäinen tuli sisääni. Hän rynkytti vain hetken päälläni, kun häneltä jo tuli.

Seuraava totesi, että olin jo aivan liian limainen ja käski koiran puhdistamaan minut. Hän otti ensimmäisestä raiskaajastani mallia ja valutti verta alapäähäni. Koira tuli ja nuoli minut puhtaaksi ja sen kieli tuntui taas niin hyvältä, että aloin kiihottua uudestaan. Sitten mies tunkeutui sisääni ja hän tikkasi kaluansa sisälläni nopealla tahdilla ja kesti kauan, ennen kuin hän laukesi. Vaikka hankautunutta selkänahkaani kirveli ja päätäni särki, aloin jo pelätä saavani uuden orgasmin ja sitä iloa en halunnut heille suoda.

Kun häneltä vihdoin tuli, neljäs mies tuli saman tien luokseni, nosti minut pois puunrungon päältä, käänsi minut konttausasentoon ja survaisi kalunsa sisääni. Hänen peniksensä oli lyhyt, mutta todella paksu enkä voinut olla reagoimatta siihen. Voihkaisin kivusta ja nautinnosta ja samassa viides mies tunki peniksensä suuhuni. Hän varoitti minua puremasta ja käski imeä niin hyvin kuin osasin, jos halusin päästä helpommalla. Hänen peniksensä maistui suolaiselta ja ajattelin, että jos imen kunnolla, hän ei ainakaan raiskaisi minua. Tein työtä käskettyä ja lipsutin ja imin turvonnutta, kuumaa terskaa.

Minulla oli kalu suussani ja sisälläni ja yhtäkkiä joku minua nuolleista koirista tuli jatkamaan alapääni nuolemista luullen verta olevan vielä tarjolla. Se ryömi etutassuillaan puoliksi vatsani alle ylettyäkseen ja tunsin sen karhean turkin ihoani vasten. Nautinto vei minut taas mukanaan ja tunsin orgasmin olevan lähellä, enää en voinut teeskennellä muuta. Onneksi silloin suussani ollut mies laukesi ja vetäytyi pois, muuten olisin varmasti vahingossa purrut häntä. Sisälläni ollut mies kiihdytti tahtiaan ja hänen paksu kalunsa ja koiran kieli saivat minut himosta hulluksi. Valtava orgasmi ravisutti kehoani ja kun mies tunsi supisteluni kalunsa ympärillä, myös hän purkautui karjahtaen.

Kun kaikki oli ohi, miehet jatkoivat juomistaan nuotion ympärillä ja näyttivät unohtaneen minut. Ilta oli jo viilennyt ja oli aivan pimeää, vain nuotio antoi valoa. Minua palelsi. Nousin ylös tärisevin jaloin ja alapää hellänä ja lähdin etsimään vaatteitani. Löydettyäni ne puin housut ja laitoin kengät jalkaani, mutta puseroni riekaleilla ei tehnyt enää mitään. Otin suurimman riekaleen ja pitelin sitä rintojeni edessä ja hiippailin tieheni varoen kiinnittämästä miesten huomiota. Sienikori sai jäädä metsään, kun kiiruhdin pimeässä kompastellen polkua pitkin autolleni. Kaivoin avaimet housujen taskusta vapisevin sormin ja lähdin ajamaan kotiin.